句集

蠟梅

独り山路を
辿り来て

日永田渓葉

文學の森

序

日永田渓葉氏が第一句集を刊行された。句会に吟行に、句友として接してきた私にとっても真に慶賀すべきことで、心よりお祝い申し上げる。七十歳を境にして句集を纏められて、一つの節目となったこの句集には渓葉俳句の全てが表現されている。

蠟 梅 を 透 か し て 過 去 の 滲 み 来 る

「蠟梅」は句集の題となった句である。あたかも句集全体を言い表したような句である。「過去の滲み来る」に、これまでの来し方を振り返り、「過去」のある部分がことさらながら思い起こされる感慨を詠ったものである。

この過去への遡及は、〈天空の風を友とし沢胡桃〉という空間把握とともに、渓葉俳句に於ける時空感覚に依拠していて、一つの特色をなすものである。

四百年生死《しょうじ》を謡う大桜
千年も桜を見んと峠越ゆ

生あるものの悠久さに対する賛仰の眼差しが根底にある。「四百年」「千年」という数詞に見られる気宇壮大な気風を良しとしたい。生そのものへの注視は、身近な生き物である犬への無限な温かい視線となっている。

あちこちに犬の穴あり長旱

春の野へ縺れる走り犬笑ふ

老犬の伏目がちなる庭菫

大寒の老犬の眼の澄みわたる

「あちこちに」「犬笑ふ」「伏目がち」「澄みわたる」などはいずれも犬の仕種を注意深く観察していなければ出てこない措辞である。愛犬家という言葉以上に、生きとし生けるものを慈しむ精神の発露と捉えることができる。

降り積もる落葉の蒲団犬の墓

春泥や犬に越さるる齢来る

犬と雖も家族同然に思う視線が一たび自己に向かうと、〈身の内にひとりを満たし暑き夜〉の句に見られるように、内省の深さは追随を許さぬものである。日永田氏に接した人は、人を責めることのない、その柔和な表情に心癒される。
幾多の苦労を重ねて来られたことを思わせる句もある。

家族鍋昔のことは口にせず
野分俟つ我が身を誹る娘ゐて

家庭内の出来事も「昔のこと」として自分のうちに潜ませ、「娘」に反抗されても我慢して耐える姿に古武士の面影を見るのは私だけではないだろう。
その家族も、やがて癒しの元となることも否定できない。

酒つぐ子肩揉む子居て夏座敷
口あけて昼寝の子供原爆忌
石橋の妻の手を引き花菖蒲

「酒つぐ子肩揉む子」の存在に相好を崩している様子が目に浮かぶし、「昼寝の子供」に対する平穏を祈る気持ちや「石橋の妻」への優しい気遣いは読むものに感動を呼ぶ。

ところで、〈梅雨なれば下駄を引き出す散歩道〉にある「下駄」履きを好み、出来るだけ自然に同化しようとする考えは、自然保護活動に参加する行為と軌を一にするものである。自然への親近性は、季節とともに暮らす俳人としての資質を備えられていることを証明している。

来迎の曙光を入れて遠秋嶺
氷点下ものみな曙光宿しけり
曙や娘孕みて蕗の薹
霜踏みて曙光の向こう見えぬもの

「曙光」の語が頻出するが、曙の光が意味するものが自然への畏敬の念と希望であるからであろう。

句集を審らかに閲してみると、その多彩さに驚かされる。こよなく愛されている酒では、

二駅を揺られ新酒の蔵に入る

の「二駅」の微笑ましさ、

まぶしさや障子に春の力あり
春雷の中に得体の知れぬもの

の句の感覚の冴え、

目借時お客にあらぬ問ひをかけ
あたふたとメールを返し秋思かな

の滑稽味など枚挙に遑がない。

その他で心惹かれる句を取り上げておきたい。

日短や待ち合ふ女の髪の揺れ
秋澄むや塾のチョークは響きをり
両の手を葉のかたちにて蓬摘む
別れ時知れば二人の夕焼かな
恋猫や月は地球に落ちさうに

平成二十七年十一月

永田満徳

蠟梅――独り山路を辿り来て◇目次

装丁　杉山葉子

句集　蠟梅

独り山路を辿り来て

※本書における俳句の仮名遣いは、新旧混用である。

平成十年〜十六年

うららかにセスナの響き花起こし

荒れ畑に鍬持ち移す菫かな

早朝の街洗われる新学期

川風に酔ひて流さる花火かな

頂きをきわめて淋し夏の山

秋風に老犬の目の甦る

ビル解けてほつかり休む夕の月

父母もみな亡くして笑ふ雪野原

乳癌の傷あとにしむ牡丹雪

そろそろと鳥と巡るや冬木立

腹水の友と眺むる冬日和

暖かき国より娘の年始かな

まぶしさや障子に春の力あり

風に揺る土筆のあたま大人びて

侍のごとき受験のペンケース

鳥帰るわが身は土にいそしまん

四百年生死《しょうじ》を謡う大桜

祠のみ春の日永の母の里

千年も桜を見んと峠越ゆ
もくれんの下《もと》を登りて母の墓

妖精のごときタンポポ明けの店

つつじ下黒々蟻のもの言いて

背伸びしてきく参道の梅の花

ほろ苦き蕗の味知る齢となり

せせらぎの鼓に蛍舞ひ出でぬ
息をする蛍の光田にこぼる

残暑さけ顎をゆるめる歯科の椅子
すず虫の音ころがり来夜半の風

おとがひに灯籠踊り秋の色

アイヌびとあがめし大地色なき風

日短や待ち合ふ女の髪の揺れ

小春日の羅漢の陰に母おはす

癒し地を四方から包む除夜の鐘

寒昴竹林照らす湯屋の窓

鳥雲に娘の情の重くして
朧月二人の端居茶は冷めて

わだつみの魂を集めて野分かな

秋澄むや塾のチョークは響きをり

秋天にビール呑み干す里山上

烏来て雀吐き出す稲田かな

秋行幸人だかり消え街仙人

入籍をせぬ人なりや冬隣

石蕗の径明治の館ひそまれり

法廷の桟正しうて冬陽かな

霜枯れの芝煌めかせ犬は駆く

友の墓花を加えて冬陽かな

障害の人らめんめん聖夜歌

三人の炬燵に寝入る年の暮

青シート残して屋根の初日かな

峯わたる冷たき風よし初明り

大阿蘇の春竜胆とまどろみつ
いかづちのいくさの夜半犬あやす

殉国の石碑は瀬戸に蟬時雨

はしやぐ児のゐて白秋に骨拾ふ

麒麟舎に肩車して小春空

あまたなる苔を宿して梅真白

節くれの樟の根春を摑みけり

児安かれ朱盃に座る初雛

袋小路空地にありし豆の花
両の手を葉のかたちにて蓬摘む

水盤にめだかの生れて親ごころ

山鳩の独り歩きて夏の果て

捨てて来し想ひ揺さぶる大花火

四翅拡げ羽黒蜻蛉の大欠伸

禰宜の背の直ぐなる礼や処暑に入る

猫宮にバスの捨てある野分晴

盟友の泊せし家の野分風
蒼穹に色なき風の波を打ち

二駅を揺られ新酒の蔵に入る

紅葡萄撓になりて嫁ぎけり

切株のいや増す緑冬田道

姫沙羅の黄金になりて冬に入る

枯菊のなほその香り強きこと

隅にある忘年会の松葉杖

春の川二つ渡りて植木市

宮仕えの鎖解かるる春一番

ふうはりと浴衣まとひて木蓮華

水温む小川に睦む鳥三四

笹舟を待ちつ歩むや春小川

巡ら隊歩道を占めて二月尽

花休み入江に浮かぶ漁師舟

出鼻とて佳き数を摘む蕗の薹

鉢隅に一寸の居の菫かな

梅花藻やささやき交はす水馬

カタルパは梧桐の中に抱かれ居り

病み猫の風に浸かりて青田端

万緑のトロッコ列車児を寝かす

笑顔持つ箒の子らの梅雨晴間

小さき背の後ろに控へ夏供養

あちこちに犬の穴あり長旱

別れ時知ればニ人の夕焼かな

憂き世をば超えたる顔の夏の蝦蟇《がま》

猪の小首傾げて里山に

野分俟つ我が身を誹る娘ゐて

天草キリシタン墓

十字石色無き風に埋れゆく

父旅立つ

来迎の曙光を入れて遠秋嶺

穭田の敏なる鳥の眼と合ひぬ

天空の風を友とし沢胡桃

平成十七年〜二十年

喜怒哀楽眼下に捨てて初飛行

川面のお喋り鴨の上り下り

菜種梅雨頰冷まし行く運動部

石段の今朝の花弁模様かな

携帯のベルの鳴り来る春の墓地

背を揺られ夢より戻る春の地震

余寒にも喋りに花の受験生

名城のさわ風に裾広げたる

木の実落つ五百羅漢の首何処

朝寒や温き卵を手渡さる

孫の呉る折鶴小さきもみぢかな

相部屋の見舞の小声冬に入る

家族鍋昔のことは口にせず

とぐろ巻く犬の鼻先春隣

惚けしを包む今年の花吹雪
友逝けり指間を奏で春嵐

コンテナのむつつりゆける梅雨の夜

古びたる障子の穴の夏至の風

いくつもの鳥の眼浴びて夏至の朝

有明の月流しゆく空の潮

犬の尾の石段下る秋日和

秋冷えの城の神楽に二人溶け

秋肥後野満月夕陽挟みけり

朝寒や太陽とらへし丘の窓

鳥しきり野出峠は秋日和

肩寄せて地より浮きたる石蕗の花

冬の瀬をサッカーボールの上らんと

氷点下ものみな曙光宿しけり

曙や娘孕みて蕗の薹

春の野へ縺れる走り犬笑ふ

澄みわたる鶯の声座敷貫く
春空に神の筆なる鳳凰や

人の世の荷を軽くして春の雲

枇杷若葉天の精気を吸はむとて

若楓風縫ふ蝶の巧みかな

片陰の無き国道の標揺れ

滴りに句会は息の整へり

居座りの夏に黙りし庭の風

身の内にひとりを満たし暑き夜

夏草を燃やし一村清めけり

年立つや甲冑守衛の槍の先

初春や過去連れ来たる孫の笑み

充電の効かぬ携帯寒の入り

道端の犬の足跡雪残し

清純といふものの胸に卒業す

風薫る市電はカーブ軽やかに

あくびして信号変わる梅雨ぐもり

夏の朝仏舎利塔のほのかなり

炎帝は目の濁りをも射貫きをり

邦楽は端正にして秋過ぐる

笑ふやう包むやう月上り来る

インターホンすだく虫の音飛び込めり

神さり月監視カメラのある畑

石蕗咲くやレコード響く虚子の声

平成二十一年〜二十五年

どんどやに揺らぎ見せたる天守閣

寄せ鍋の出番となりし大所帯

つぶつぶと雨音巡る梅見かな

春の阿蘇赤き列車の気取りかな

悩むことできぬ羅漢の春深し

お百度を踏むジーパンの夏近し

雨蛙何や諍ひあるごとく

校庭にジャズの流れて五月風

酒つぐ子肩揉む子居て夏座敷

雑念の唸りを濯ぐ蟬時雨

おしゃべりの子ら登校す額の花

夏休みカーブミラーに手を拡ぐ

せせらぎに作業服置く夏の果て

青鷺の太古の声あげ滑空す

口あけて昼寝の子供原爆忌

一つとて同じ貌なし柿葉散る

はるかまで山の波打つ神の旅

着ぶくれの子供にやりと走り去る

露天湯に血を巡らせて初御空

初霞あまたの谷を埋め尽くし

霜踏みて曙光の向こう見えぬもの

空の青藪に落ちたる竜の玉

震災にくすみし日本竜の玉
戻りたる日本は雪野一人旅

水鳥の年古る岩の拝むごと

神木の下老鶏に春近し

梅蕾胸に潜めて旅立ちぬ

水草生ふ金魚を飼ふと孫の言ふ

名水に美女生まれけむ秋の空

一山を千手観音囲む秋

千の手で掬ひ給へる秋日和
散り急ぐ銀杏の城の照り映えて

筆硯使へぬままに白秋に

気が向けば新米譲る土の手で

復古せる名湯祝ふ小春かな

西海の追ひ越し禁止の冬日かな

コルク栓ポロリ崩れて冬日かな

夜明け前息をひそむる冬至かな

老犬の伏目がちなる庭菫

初燕はさみの音めき空を切る

含羞の乙女差し出す花菖蒲

夏兆す清流端のうなぎ飯

声しぶき空に跳ね上げ水遊び

踊り出む夏至は雲間に潜みをり

石橋の妻の手を引き花菖蒲

風鈴や風を吸ひ込む風呂上がり

亡き母の声をまさぐる夏蒲団

雨雲を抜けて青田へ神の里

恋人を求むるごとく屋久の夏

十薬や定期健診終はりたる

草を引く力の加減走り梅雨

徒然なきこども相手のみちをしへ

今しばし天を仰ぎて油蟬

地蔵盆とりどりに鉦叩く子ら

病棟の廊下一杯秋落暉

冬隣猫のあま咬み膝の上

降り積もる落葉の蒲団犬の墓

寒天をななめに支えクレーンかな

ウォーキング暖色増えて落葉蹴る

追伸に本音の見ゆる霜の月

冬の月星従へて闇を吸ふ

温まろ親子アヒルと柚子の風呂

人生の里程標めき日記買ふ

平成二十六年〜二十七年

寒の庭鼻黒々と白き息

海はるか頰の寒風こころ良し

白梅や古希の詣の球磨社

渓流のささやきを聴く梅蕾

春の空鯉はゆるりと鴉聞く

ステッキの四足歩行花巡り

春嵐留め石垣十重二十重

北向きは緑青色の春の城

隣国の言葉跳ぬるや春の城

春雷の中に得体の知れぬもの

朝ぼらけまだタンポポは夢の中
風を入れ風を撫でゆく夏のシャツ

涼しさや風か水面か刺身皿

梅雨なれば下駄を引き出す散歩道

梅雨明けは我が宣言すると蟬
母と子のふれ合ひ歩む蟬小路

椅子の上胡座かきたる夏句会

逝く夏や城の向かうの白き塔

孫娘近くて遠き文月かな

雨知らぬ留学生の秋出水

葉月には万の葉に消ゆ我が小屋は

若水の湯気に立ちたる朝日かな

大寒の老犬の眼の澄みわたる

蠟梅を透かして過去の滲み来る

寒鴉並み居る下へ黒き傘

風花の露天湯に聞く地の会話

春泥や犬に越さるる齢来る

残されし時を想ひて春炬燵

恋猫や月は地球に落ちさうに

吊雛に托す願ひの紅きかな

山消えて方角取れぬ春霞

ほととぎす背を伸ばし切る夜明け前

ゆらゆらと小さき幸せねぢの花

横やりもありて弾める梅雨句会

生き残り建つる慰霊碑梅雨曇り

古墳の闇出でて沁みたる梅雨緑野

半夏生そつと犬小屋のぞきける

梅雨明けの真つさらの朝一人占め

スニーカー足裏目覚めて夏の霧

今日からは闘ふ日なり梅雨の明け

夏の果て野草の園に身を潜む

「いちご人参」三～九号

野良犬のわが家の犬となる今年

緊張感なき年なるか初遅刻

タイムラグなき外国の年詞かな

春近し蕎麦屋で始む昼の酒

病み犬の目力の付く四温かな

白足袋で跳ね踊る稚児笑み弾く

滔々と愛もて海へ注ぐ春

雪柳一人気楽に風あやす

蒼穹に花びら舞はせ謳歌せる
恋といふ春風生るる眼より

老犬に道選ばせる立夏かな

夏枯れや回収されて軽財布

藤崎台青春の眼で語る夏

群の魂確かにあると蟻の言ふ

雨乞ひは無理な青空翁寄る

甲高き乙女のハイヤ菖蒲園

紙の山積もる事務所や梅雨に入る

青嵐を迎へに向かふ大阿蘇野

秋惜しむ妻に顔みせ一人酒

電子辞書背を向けて紅葉模様かな

初春や涙の種類増すばかり

欲のなき媼と二人小正月

三猿の土偶の笑みや春うらら

定年や胸の向こうは春の空

花の月寝酒の面仏顔

新酒開け世間を広ぐ春句会

春の鳥田原の土の柔らかき

老人のふりして漕ぐや春時雨

薄氷電話の相手探る庫裡

目借時お客にあらぬ問ひをかけ

一斉に顔出すつつじ待たされて
小さき躑躅両手拡げて出でにけり

水温む小さき命のいづくより

麦の秋車体検査を受くるごと

隙だらけ間抜けなひとよ蚊の世界

初蟬は遠慮しいしいバス通り

噴水は玉の世界や時止めて

乾杯の腕黒々と夏句会

中年の中元持ち来句会かな

あたふたとメールを返し秋思かな

まろまろと光溢るる白ゴーヤ
鈴虫は主旋律ゆく夜明けまで

辿り着く我が家は今日も星月夜

富士の山越えて秋津の水前寺

秋の幸卓に溢れて句会かな

イタリアに嫁ぐ

目の色は同じ息子や秋挙式

秋風や紋付袴腹据わる

冬星に深呼吸してみる宴あと

自転車の灯りに猫の冬眼

蠟梅を透かして仰ぐ青き空

春めくや婚礼写真郵送す

梅ヶ枝をどんと抱えて山男

寒戻る開花のボタン入れる為

のぞき込む満開の枝花筵

満開の花に包まれ擬似家族

句集　蠟梅　畢

あとがき

この度、素人同然の私に句集出版のお声掛けがあり、どうしたものかと躊躇したが、今年七十歳、懺悔の意も込めて踏み切ることにした。

私は終戦の二ヶ月前に生まれた。幸いに無事兵役から生還した父と、母の苦労は大変なものだったと思う。食糧事情も大変な中、その後生まれた妹や弟を含め五人の子育てを考える時、感謝の念に耐えない。父は薬店を開き、実直な性格から無骨とも思えるような経営であったようである。それを支える母の気働きがあってこそ成り立ってきたと思われる。

　私の名前の由来を尋ねたら、ある特攻隊員の名から頂いたと言われた。時代は変わり、現在はなかなか読めない名前で溢れ返っている世の中となった。本来なら「遊びをせむとや生まれけむ」と、のほほんとこの世に出て来たかったところ、空襲に逃げ惑う時代であったのだ。

　混迷の時代、貧困生活の中、世の中の仕組み等が分かるはずもなく、訳も分からず手探り状態で、あっちにぶつかり、こっちにぶつかり、恥の多い歩みをしてきた。甚だいろんな方に迷惑をお掛けしたことと思う。

　中学一年の時、母親は急逝した。山頭火の心情に通ずるものもあり、彷徨うような生活が始まる。太宰治の中にある優しさに惹かれ、北杜夫の茫洋とした自由さに安らぎを覚えた。暗い性格に陥っていた青春時代。自然に、人混みの中よりも山野に吸い込まれるように、四季折々様々な山川に癒しを求めた。特に、山奥の譬えようもないほどの清冽で豊潤に溢れ出る水には心が洗われ、渓流を覆う木々の幾万もの葉に安らぎを覚えた。そこで幾分かの力と励ましを得て、俗なる街へ戻る日々であった。

そういう自信の持てない時代、親のように後ろから見守ってくれた奥深い山懐が、ある時無残に荒らされている現場に遭遇し、そこで受けた衝撃は今でも忘れられない。渓谷を含んでいた森の斜面の皆伐。ひんやりしていた谷は乾き切り、谷川へ転がり落ちていく石ころの音の虚しかったこと。原因は、経済社会の変化に伴う営林局の独立採算制の導入であった。

何とかしたいという思いを同じくする人達と政治行政に働き掛け、十数年を傾注した。今言われている「自然保護運動」の先駆けであった。あの時代、一応の成果を挙げたと思っている。

本当に大切なものは何なのかということを考え続けている。それは、体の中から自然に発せられる言の葉の中にあると思う。偉大な創造主の心と言葉を嚙み締めたい。

秋夕日男の背中見られけり

平成二十七年十二月

日永田渓葉

著者略歴

日永田渓葉（ひえだ・けいよう）　本名　義治（よしはる）

昭和20年　熊本県生まれ
平成10年　「火神」入会
平成24年　「未来図」入会

俳人協会会員

現住所　〒860－0807　熊本市中央区下通１－６－13

句集 蠟《ろう》梅《ばい》

発　行　平成二十八年一月二十七日
著　者　日永田渓葉
発行者　大山基利
発行所　株式会社　文學の森
〒一六九-〇〇七五
東京都新宿区高田馬場二-一-二　田島ビル八階
tel 03-5292-9188　fax 03-5292-9199
e-mail　mori@bungak.com
ホームページ　http://www.bungak.com
印刷・製本　竹田　登

ISBN978-4-86438-477-3　C0092